18 decembre 1899

Vente de l'Atelier

de

J. Franceschi

1899

IMPRIMERIE MAULDE ET RENOU

MAULDE, DOUMENC & Cie

IMPRIMEURS DE LA COMPAGNIE DES COMMISSAIRES-PRISEURS

Rue de Rivoli, 144

CATALOGUE

DES

ŒUVRES

DE SCULPTURE

En Marbre, Pierre, Bronze, Cire et Terre cuite

ÉPREUVES ORIGINALES

(Dont certaines avec droit de reproduction)

ESQUISSES ET ÉBAUCHES

BRONZES, CURIOSITÉS, GRAVURES, DESSINS, TABLEAUX

TAPISSERIES

ŒUVRE IMPORTANTE DE BROSIK

PSYCHÉ, par PAJOU, Bronze d'Époque

PROVENANT

De l'Atelier de J. FRANCESCHI

DONT LA VENTE AURA LIEU

HOTEL DROUOT — SALLE 6

Le Lundi 18 Décembre 1899

A **DEUX** HEURES **PRÉCISES**

COMMISSAIRE-PRISEUR

Mᵉ Frédéric LECOCQ

Rue Richer, 41

EXPERTS

M. B. LASQUIN	M. LE MAIRE DEMOUY
12, Rue Laffitte	Rue de l'Université, 10

EXPOSITION PUBLIQUE

Le Dimanche 17 Décembre 1899, de 1 h. 1/2 à 6 **heures**

PARIS — 1899

CONDITIONS DE LA VENTE

Elle sera faite expressément **au comptant**.

Les acquéreurs paieront **cinq pour cent** en sus du prix d'adjudication.

Il ne sera admis aucune réclamation une fois **l'adjudication prononcée**.

MAULDE, DOUMERC et Cie, imprimeurs de la Cie des Commissaires-Priseurs,
rue de Rivoli, 144   800—85333

Nous ne pourrions mieux faire, pour donner une préface
à notre catalogue, que de reproduire ici quelques lignes de
l'un des nombreux articles qu'on lisait au lendemain de la
mort de Franceschi, en 1893.

Celles-ci parurent dans le *Figaro* du 2 septembre sous la
signature de Gaston Calmette :

« Un sculpteur de grand talent, M. Jules Franceschi, a
« succombé hier matin à la longue maladie qui le retenait
« éloigné de ses travaux depuis deux ans. Il est mort dans sa
« soixante-huitième année.

« Il était trop connu de tous pour qu'il soit nécessaire de
« retracer ici son portrait.

« Julien (dit Jules) Franceschi était d'origine italienne bien
« qu'il fût né en territoire français, à Bar-sur-Aube : il se fit
« d'ailleurs naturaliser de bonne heure ; mais c'est peut-être
« à cette origine paternelle qu'il devait, en ressouvenir des
« antiques, la grâce exquise et la pureté de toutes les œuvres
« sorties de son imagination et de son ciseau. Cette grâce et
« cette pureté, jointes à un parisianisme exquis, ont fait

« longtemps de lui un des maîtres les plus appréciés et les
« plus recherchés.

« Ses débuts datent du Salon de 1850 où un groupe de
« plâtre, *Jeune berger napolitain soignant son chien malade*,
« fut très remarqué ; deux ans après, l'empereur Napoléon III
« faisait acheter pour les Tuileries un *Napolitain jouant à la
« morra*, qui le classa définitivement dans le succès.

« Franceschi se dégage alors de plus en plus de l'École
« italienne et prend, dans son pays d'adoption, son inspira-
« tion toute entière. Paris surtout le séduit dans ses acteurs,
« dans ses artistes, dans ses maîtres : et parmi ses bustes les
« plus admirés se trouvent depuis lors (nous les citons un
« peu au hasard) : Mme Carvalho, dans tout l'éclat de ses
« triomphes ; Croizette, dans tout l'éclat de sa beauté :
« Worms, Victorien Sardou, Victor Massé, le commandant
« Baroche au Bourget, Charles Gounod, Mme Krauss, Albert
« Wolff, le docteur Dujardin-Beaumetz, Emile Augier,
« Me Allou, etc., etc.

« En 1874, la croix de la Légion d'honneur complète la
« série des récompenses que lui avaient values ses Salons.

« Il faut citer encore parmi ses productions les plus belles
« deux statues : *la Peinture*, destinée au Luxembourg, et *la
« Fortune*, qui a pris place en 1888 au même musée. Rien de
« plus gracieux que cette composition, qui devait être à peu
« près la dernière. *La Fortune*, assise sur une roue armée de
« deux ailes, fait pleuvoir ses dons, tenant au-dessus de sa
« tête une corne d'abondance d'où s'échappent des flots
« d'or.

« Ce beau marbre a désormais, par la mort de Franceschi,
« sa place marquée au Louvre. »

Qu'il nous soit permis de rappeler également l'admirable marbre du *Réveil* (1869), acquis par l'État pour le Musée de Nimes, et une statue d'*Isis*, dernière œuvre du maître, et qui figura du reste comme œuvre posthume au Salon de 1894, ainsi qu'une remarquable *Tête de Christ*.

Il envoyait aussi chaque année dans nos cercles artistiques des bustes de personnalités mondaines, et l'on ferait un véritable musée en réunissant tous ces beaux portraits.

Nous ne pouvons, en terminant, résister au désir de citer en entier le sonnet qu'inspira la statue « *La Fortune* » à notre poète Armand Sylvestre.

Du front étroit jaillit la large chevelure,
Flot vivant qui dormait au cœur d'un marbre blanc ;
Échappée au contour sacré de l'encolure,
La ligne s'arrondit pour embrasser le flanc.

La cuisse épaisse assied son contour opulent
Sur un mince genou ; — frêle, flexible et sûre,
La cheville soutient, comme un lis indolent,
Son beau pied que jamais n'outragea la chaussure.

Enfant de l'Art moderne, épris de l'Art païen,
J'adore, comme un Grec du temps Athénien,
La femme que revêt cette splendeur insigne,

Qui fait tout mon respect de sa seule beauté
Et, pareille à Léda, montre sa nudité,
Fière à tenter un dieu, blanche à tromper un cygne !

DÉSIGNATION

—

MARBRES

1 — **La Fortune,** grande statue en pierre (exécution
non entièrement terminée.)

Salon de 1882.
Musée du Luxembourg.

2 — **La Fortune,** statue marbre, réduction de la pré-
cédente.

Haut. 1ᵐ02.

3 — **La Fortune,** statue marbre.

Haut. 0ᵐ,78.

4 — **Le Réveil,** statue marbre.

Haut. 0ᵐ,60.

L'original est au musée de Nimes.
Salon de 1870.

5 — **Joueuse de Flûte,** statue marbre.

Haut. 0ᵐ,72.

L'original est au Ministère des Finances.

5 *bis* — **Andromède**, statue marbre.

Haut. 0^m,60.

6 — **La Poésie,** buste marbre.

Haut. 0^m,63.

7 — **Manon,** buste marbre.

Haut. 0^m,69.

8 — **Buste de Femme,** marbre, genre xviiie siècle.

Haut. 0^m,84.

9 — **Buste de Femme**, marbre genre moderne.

Haut. 0^m,82.

10 — **Tête de Christ,** médaillon marbre.

Haut. 0^m,54.

Salon de 1874.

11 — **Hébé**, statue marbre.

Haut. 0^m,66.

Salon de 1866.

11 *bis* — **Diane surprise,** marbre.

Par Boucher, *sculpteur.*

12 — Tête d'étude : **La Poésie**, marbre.

Haut. 0^m,20.

13 — Tête d'étude : **Diane**, marbre.

Haut. 0^m,20.

14 — **L'Ange Gardien,** marbre.

> Par WEIGÈLE, *élève de* FRANCESCHI.

> Haut. 0^m,46.

15 — **Saint Paul,** statue en pierre (brisée).

> Haut. 1^m,00.

> Église Saint-François-Xavier.

16 — **Tête de Femme,** étude en pierre.

> Haut. 0^m,55.

17 — Petit **Buste de Vierge,** marbre ancien (cassé).

> Haut. 0^m,30.

BRONZES

18 — **Isis,** statue bronze.

> Haut. 1^m,00.

> Réduction en bronze de la première maquette de la grande statue d'*Isis*.

> Épreuve unique.

19 — **Le Réveil,** statue bronze.

> Haut. 0^m,60.

20 — **Le Réveil,** statue bronze.

> Haut. 0^m,36.

21 — **La Fortune,** statue bronze.

> Haut. 1^m,00.

22 — **La Fortune,** statue bronze.

> Haut. o^m.75.

> Réduction de la précédente figure.

23 — **Hébé,** statue bronze.

> Haut. o^m,66.

>> Salon de 1866.

24 — **Hébé,** statuette bronze.

> Haut. o^m,35.

25 — **Andromède,** statue bronze.

> Haut. o^m,6o.

>> Salon de 1859.

26 — **Le Message,** statuette bronze.

> Haut. o^m.34.

27 — **Tête de Christ,** médaillon bronze.

> Haut. o^m.56.

28 — **Salomé,** statue bronze.

> Haut. o^m.95.

> Par Mme CRANNEY-FRANCESCHI, élève de son père.

>> Salon de 1898.

29 — **Vénus à la Coquille,** statuette bronze.

> Haut. o^m,28.

3o — **Psyché,** statue bronze ancien.

>> Par PAJOU.

CIRES

31 — **Gounod**, buste cire.

Haut. 0^m,68.

Salon de 1872.

32 — **Tête de Christ**, médaillon cire.

Haut. 0^m,60.

33-34-35 — Trois Bas-reliefs **L'Age d'or**, cire.

36 — **Tête d'Enfant,** cire (brisée).

Haut. 0^m,27.

37 — **Regnier,** buste cire.

Haut. 0^m,28.

38 — **La Fortune**, cire.

39 — **La Poésie,** tête cire.

40 — **Rédemption**, bas-relief cire (non terminé).

PLATRES

41 — **Isis**, grande statue plâtre.

Salon de 1894.

Avec droit de reproduction en marbre et bronze seulement.

42 — **Le Réveil,** statue plâtre.

Grandeur nature.

Salon de 1871.

L'original, en marbre, est au Musée de Nîmes.

43 — **La Buveuse,** statue plâtre (esquisse).

Vendu avec droit de reproduction en toute matière.
à l'exclusion du zinc et de la fonte de fer.

44 — Groupe **Le Centaure Nessus enlevant Déjanire**
(esquisse plâtre).

Vendu avec droit de reproduction en marbre et
bronze seulement.

45 — Groupe **Le Centaure Nessus** (deuxième composition, esquisse plâtre).

Vendu avec droit de reproduction en marbre et
bronze seulement.

46 — **Gounod,** buste plâtre.

47 — **Gounod,** buste plâtre.

Réduction du précédent.

48 — **Émile Augier,** buste plâtre.

49 — **Émile Augier,** buste plâtre.

Réduction du précédent.

50 — **Le Réveil du Printemps,** statue plâtre.

Grandeur nature.

Par Mme Cranney-Franceschi.

Salon de 1897.

Vendu avec droit de reproduction et de réduction
en toutes matières, à l'exclusion du zinc et de la fonte
de fer.

51 — **La Nymphe Écho,** statue plâtre.

Grandeur nature.

Par Mme CRANNEY-FRANCESCHI.

Salon de 1896.

Vendu avec droit de reproduction et de réduction
en toutes matières, à l'exclusion du zinc et de la fonte
de fer

52 — **Rédemption,** bas-relief plâtre bronzé.

53 — **La Pensée,** réduction en plâtre teinté.

L'original, grandeur nature, est au Musée de Troyes.

54 — **Andromède,** statue plâtre teinté.

Haut. 1^m,10.

55 — **La Science,** statue plâtre teinté.

Vendu avec droit de reproduction en toute matière,
à l'exclusion du zinc et de la fonte de fer et sans
droit d'agrandissement.

56 — **Vierge à l'Enfant.**

L'original est au Tréport.

Première réduction vendue avec droit de reproduction et de réduction en toutes matières, à l'exclusion du zinc et de la fonte de fer.

57 — Deux Bas-Reliefs en plâtre : Moulages des **portes
du Baptistère de Florence.**

TERRES CUITES

58 — **La Fortune,** statue terre cuite.

Haut. 1^m,00.

59 — **Manon,** buste terre cuite.

Haut. 0^m.70.

60 — Groupe de **Bacchantes,** terre cuite.

Epreuve en plâtre du même groupe.

Vendu avec droit de reproduction et de réduction en toutes matières, à l'exclusion du zinc et de la fonte de fer.

61 — Bas-relief, sujet religieux de l'époque de **Louis XIV,** terre cuite.

62 — **Victor Massé,** statuette terre cuite (esquisse).

63 — **Eugène Delacroix,** masque terre cuite.

64 — **Tête de Femme,** esquisse terre cuite.

65 — **Enfants à la Chèvre,** terre cuite.

66 — **L'Amour et Vénus,** terre cuite.

67 — **La Peinture,** haut-relief en terre (à cuire).

L'original est au Palais du Luxembourg.

Salon de 1890.

68 — Tête d'étude : **La Poésie.**

Original en terre (à cuire).

69 — Tête d'étude : **Hébé.**

Original en terre (à cuire).

70 — **Esquisses, Maquettes** et **Etudes** en terre cuite ou à cuire et en plâtre. Épreuves originales.

(Sera divisé.)

TABLEAUX, DESSINS, TAPISSERIES, OBJETS DIVERS

71-72 — **Franceschi**. Douze dessins au crayon, d'après les statues de l'Antiquité et de la Renaissance (dans deux cadres).

72 *bis* — Deux photographies des bas-reliefs de la bataille du Bourget : *La mort du commandant Baroche ; La défense de la barricade par le commandant Brasseur*.

73 — **Brozik**. *La défenestration de Prague*. Réduction de la grande composition exposée en 1889.

74 — **Boel** (Pierre). Panneau décoratif avec fontaine, chien, perroquet, sculpture antique et instruments de musique. Signé et daté.

75 — **Courbet** (Attribué à). Paysage de Franche-Comté.

76 — **Lepicié** (Attribué à). *Les petits Savoyards*. Deux dessins de portes.

77 — **Watteau** (D'après). Personnages de la Comédie Italienne. Deux pendants sur panneaux.

78 — **École italienne** (XVIᵉ siècle). Amours dans les airs : l'un tenant une coupe, l'autre un arc. Peintures sur panneaux.

79 — **Laguierre**. Tête d'Oriental. Dessin.

80 — **Massyn**. Pavots et Coquelicots. Aquarelle.

81 — **École moderne**. Paysage des bords de la Seine

82 — **École moderne.** Paysage avec pont de bois.

83 — Bas-relief en terre cuite du XVIIIe siècle, attribué à **Clodion**, représentant une *Pieta*.

84 — Tapisserie ancienne d'Aubusson, sujet de verdure et oiseaux.

85 — Tapisserie à sujet de verdure, avec bordure haut et bas.

86 — Portière en ancienne tapisserie verdure, avec bordure de fleurs.

87 — Fragment de tapisserie gothique, à grandes figures bibliques.

RED. :

20

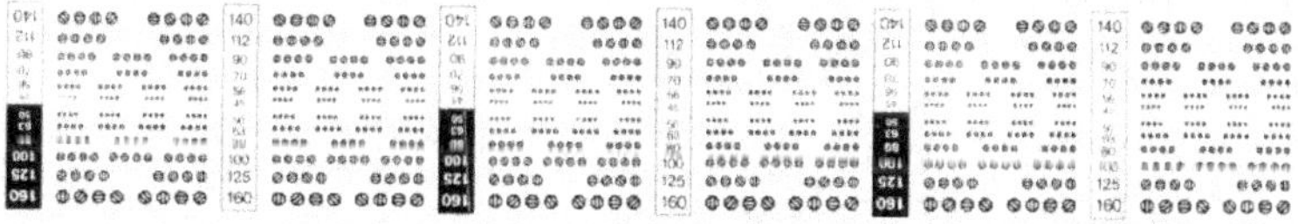

BIBLIOTHEQUE NATIONALE DE FRANCE

****

CHATEAU DE SABLE

1996